1,000,000 Books
are available to read at

Forgotten Books

www.ForgottenBooks.com

Read online
Download PDF
Purchase in print

ISBN 978-1-334-65942-3
PIBN 10398978

This book is a reproduction of an important historical work. Forgotten Books uses state-of-the-art technology to digitally reconstruct the work, preserving the original format whilst repairing imperfections present in the aged copy. In rare cases, an imperfection in the original, such as a blemish or missing page, may be replicated in our edition. We do, however, repair the vast majority of imperfections successfully; any imperfections that remain are intentionally left to preserve the state of such historical works.

Forgotten Books is a registered trademark of FB &c Ltd.
Copyright © 2018 FB &c Ltd.
FB &c Ltd, Dalton House, 60 Windsor Avenue, London, SW19 2RR.
Company number 08720141. Registered in England and Wales.

For support please visit www.forgottenbooks.com

1 MONTH OF FREE READING

at

www.ForgottenBooks.com

By purchasing this book you are eligible for one month membership to ForgottenBooks.com, giving you unlimited access to our entire collection of over 1,000,000 titles via our web site and mobile apps.

To claim your free month visit:
www.forgottenbooks.com/free398978

* Offer is valid for 45 days from date of purchase. Terms and conditions apply.

English
Français
Deutsche
Italiano
Español
Português

www.forgottenbooks.com

Mythology Photography **Fiction** Fishing Christianity **Art** Cooking Essays Buddhism Freemasonry Medicine **Biology** Music **Ancient Egypt** Evolution Carpentry Physics Dance Geology **Mathematics** Fitness Shakespeare **Folklore** Yoga Marketing **Confidence** Immortality Biographies Poetry **Psychology** Witchcraft Electronics Chemistry History **Law** Accounting **Philosophy** Anthropology Alchemy Drama Quantum Mechanics Atheism Sexual Health **Ancient History Entrepreneurship** Languages Sport Paleontology Needlework Islam **Metaphysics** Investment Archaeology Parenting Statistics Criminology **Motivational**

NOTE DE L'AUTEUR.

Ces quelques vers ont été écrits par moi, ému comme je l'ai été par les divers actes de courage, d'abnégation et d'héroïsme dont les Français ont fait preuve pendant les temps terribles que nous traversons. Ces qualités n'appartiennent pas seulement aux soldats mais aussi aux civils, aux femmes et aux enfants. Quelquefois ces qualités sommeillent, attendant l'occasion favorable de se manifester, mais ceux qui n'ont pas le privilége de se battre, peuvent montrer leurs nobles impulsions par des actes de générosité. Ma grande admiration jointe à mon affection pour la France et ma haine contre ses ennemis, m'ont poussé à faire un effort qui venant de la part d'un étranger pourrait paraître audacieux. Il ne faut pas oublier que ces vers ont été écrits principalement pour être récités dans les hôpitaux et les soirées organisées pour aider les blessés. La bonté avec laquelle ils ont été acceptés par les soldats est ma récompense.

Avec tous les bons Américains, je crie

Vive la France!

F. T.

LISTE DES POÈMES.

	PAGE
Le Petit Homme en Habit Noir, *Septembre, 1914*	13
Le Boy Scout, *Septembre, 1914*	15
Ma Bague, *Décembre, 1914*	19
La Fleur d'Embermenil, *Avril, 1915*	21
Paris, *Août, 1915*	26
L'Homme au Capuchon, *Octobre, 1915*	28
Tahure, *Octobre, 1915*	31
La Charcuterie Allemande, *Novembre, 1915*	33
Boulogne-sur-Mer, *Décembre, 1915*	34
La Laconia, *Février, 1917*	37

LE PETIT HOMME EN HABIT NOIR

A l'époque où les allemands s'approchaient de Paris avant leur recul si précipité, et lorsque la ville était en émoi, ne sachant ce qui pouvait arriver, il n'y avait à ce moment personne de plus calme que le Président. On le voyait aller et venir, sa mine calme et résolue, inspirant le courage partout où il se trouvait.

J'entends le hourra frénétique,
Je ne comprends pas pourquoi,
Montant comme de la musique,
On dirait que passe un roi.
La joie au temps mélancolique?
Je descends sur le trottoir,
Des cris, 'Vive la République,'
Un petit homme en habit noir!

Un chef né de la politique,
Ne pourrait point recevoir
L'accueil d'un peuple sympathique
Que le nôtre avait ce soir.
C'est bien le courage énergique
Ignorant le désespoir;
Il n'est personne de plus chic que
Ce petit homme en habit noir!

Aux beaux jours du temps pacifique,
On sait qu'il s'est fait valoir,
Et maintenant dans la panique,
'Haut les cœurs et son devoir,'

Cette phrase est presque classique
De ne jamais perdre espoir,
La confiance magnifique
Du petit homme en habit noir!

Quand l'ennemi diabolique
Mit la ville en désarroi,
'Celui qui s'y frotte s'y pique,'
Il assura sans émoi.
Le succès n'est point anémique,
Il faut du cœur, du devoir;
Chapeaux bas, nous en Amérique
Au petit homme en habit noir!

Le soir lorsque le père explique
Aux enfants venant s'asseoir,
La guerre et l'exploit héroïque,
Ce qui va les émouvoir
Autant que le récit tragique,
Et qu'ils veulent tous savoir,
'Dis père un fait patriotique
Du petit homme en habit noir!'

LE BOY SCOUT

Traduction d'un journal allemand, Septembre 1914

"On vient de fusiller un traître, un petit garçon français, qui appartenait à une de ces sociétés gymnastiques qu'on appelle éclaireurs, un pauvre infatué qui voulait devenir un héros. Nos soldats lui demandèrent s'il avait vu les français passer par là. Il refusa l'information et marcha d'un pas ferme au poteau télégraphique recevant la fusillade avec un sourire dédaigneux. Misérable égaré, c'est fâcheux de voir le courage si mal placé."

Le Prologue

Au bord d'une forêt, le long d'une falaise,
Un certain bataillon en Alsace française,
Ou plutôt ses débris, cherchait quelque sommeil
Ce matin là couchant à l'abri du soleil.
Marchant, silencieux, pendant la nuit entière,
Maintenant poussiereux, fatigué par la guerre,
On faisait la grand'halte, espérant sûrement
Pouvoir sans embarras joindre le régiment;
Séparés tous durant la bataille de haine,
Le bataillon errant arriva de la plaine.

A côté des soldats, à l'ombre d'un rocher,
Un garçon regardait, sans oser s'approcher;
Il était éclaireur, et portait avec grâce
L'uniforme de scout comme quelqu'un de race;
Le chapeau à bords plats et sombre de couleur,
Le costume en khaki, les guêtres de chasseur,
Dont il était très fier, parceque les éloges
Sont bien reçus toujours des éclaireurs des
    Vosges.

L'Entrevue

"D'où viens-tu, mon garçon?" fit une sentinelle.
"Je demeure au hameau, tout près de la chapelle,
Lorsque je serai grand je deviendrai soldat,
En attendant ce jour, boy scout est mon état."
"Quand on est éclaireur, dis nous, que doit-on faire?"
Demande un caporal au futur militaire.
"Nous devons chaque jour prêter un coup de main
A tous dans l'hôpital, et puis se mettre entrain
De maintenir la paix quand le garde désire.
Aider un peu les vieux, enfin pour tout vous dire,
Apprendre à bien tirer, éteindre aux bois les feux,
Devenir hommes forts, hardis et courageux;
Le maire à la revue a dit, 'Mais quelle chance
Vous avez de pouvoir ainsi servir la France!'"

"Pour nous aider aussi," lui dit le commandant,
"Pour avoir du repos, dormir tranquillement,
Descends sur le chemin, du côté de la vigne,
S'il vient des allemands, alors tu feras signe."
"Ici, mon commandant, il n'arrivera rien,
Nous n'avons jamais vu venir aucun prussien."
Cependant, tout heureux d'avoir leur confiance,
Vers son poste sans peur, le petit scout s'élance.

Au Poste

La campagne partout reluisait au soleil,
Les prés et les sentiers, là-bas un toit vermeil,
Le gai ruisseau chantait, sautillant sur les pierres,
Un perdreau s'élevait vivement des bruyères,
Un lièvre se montrait, se sauvant vers les bois,
Tout est calme, Septembre est un si joli mois!

L'éclaireur ralentit, voulant reprendre haleine,
Car il avait couru, ne s'arrêtant qu'à peine.
La route devant lui s'étendait droite au loin,
Il pourrait tout noter en choisissant ce coin.
"Voilà la ferme en bas, à côté des érables,
Tous les pourceaux y sont, cinq petits aux étables,
Comme ils sont drôles, oh! je voudrais bien les voir,
Je ne peux pas aller à cause du devoir.
Voilà le blé brillant, on dirait des épis,
Des pointes aux casques, comme ont nos ennemis;
Des soldats se cachant? ah bah, c'est bien pour rire!
Des allemands? Mon Dieu! Qu'est-ce que ça veut dire?"

L'Arrestation

"Lâchez mon bras, vilain, j'ai peur, quelle surprise!
Venir derrière moi, est-ce ruse permise?"

"Par où sont-ils passés les français hier au soir?
Vous êtes du pays, vous devez le savoir.
Nous n'avons pas le temps de rester sur la route,
Nous voulons les trouver, et tous, coûte que coûte.
Parlez donc malheureux, mais vous ne dites rien?"
"Je suis un éclaireur," dit le gars au prussien.
"Seraient-ils remontés par le chemin des saules?
Répondez maintenant, vous haussez les épaules?
C'est vous qui conduirez, apprenez votre sort,
Si vous nous refusez, c'est la peine de mort!

Petit infatué soyez plus raisonnable,
La liberté vaut mieux que de mourir coupable.
Vous prendrez les devants, est-ce par le coteau?
Quoi, non? Menez-le donc contre le grand poteau."

Envisageant la fin, sans pouvoir se défendre,
Le scout se maintenait, ne voulant pas se rendre;
Il jeta ses regards vers les coteaux charmants,
Ah! comme vivre est bon, quand on a quatorze ans!
Soudain sous les sapins, chacun saisit son arme,
Clair comme le clairon, retentit cette alarme,
"Aux armes, aux armes, les allemands c'est eux!"
L'enfant les affronta, souriant, dédaigneux.

Quelques mots inconnus, criés fort brusquement,
Le bruit de gros pas lourds, un bref commandement,
Des coups de fusils vifs et fumée âcre et dense,
L'ordre pour avancer, "Marche" et puis, le silence.

L'Apotheose

Or, de ce sang versé cette âme toute blanche
Laissant le petit corps là comme par revanche,
S'envola vers l'azur, aux profondeurs des cieux.
Le joli bleu du ciel et le blanc radieux,
Le rouge clair du sang, s'unirent dans l'espace,
Formant en un ensemble ineffable de grâce
Le Tricolore aimé; d'en haut tous souriant
Les anges saluaient, et tout en déployant
Leurs ailes, emportaient doucement sur leurs voiles,
L'enfant vers les clartés éternelles d'étoiles.

MA BAGUE

Hésitation d'une jeune fille du monde à vendre sa bague de fiançailles à une rivale d'autrefois, au bénéfice des soldats blessés, le fiancé étant tombé sur le champ de bataille.

Voici ma bague à vendre,
Quoique je l'aime bien,
Une autre veut la prendre
Pour la mettre à sa main.

Ma rivale est jalouse,
L'homme qu'elle voulait
M'a choisi pour épouse,
Car il me préférait.

Avant que la Patrie
Ne l'appela de droit,
L'anneau qu'elle m'envie,
Scintillait à mon doigt.

Mais il perdit la vie,
Mon soldat-fiancé,
Rêve de jeune fille
A peine commencé.

Maintenant que m'importe
De garder à la main
Ce bijou, s'il rapporte
Le prix qui me convient.

Heureuse moi? Devines,
Quand il m'en fit cadeau!
Trois belles pierres fines;
Lui, comme il était beau!

Rubis, dit-il, ta bouche,
Le diamant ta peau,
Tes yeux le saphir touche,
Tous trois de première eau.

Le diamant la larme
Qui me tombe souvent,
Au saphir plus de charme,
Au rubis que du sang!

Je vends la bague mise
Par lui que j'aimais tant,
Quoique l'autre ne dise
Qu'il fut son prétendant.

Car il faut que je pense
A tous nos chers blessés,
Soulager la souffrance
Par des soins empressés.

Et dire que j'hésite
A vendre un bibelot!
Qu'est-ce que je mérite?
Tant d'argent il me faut!

Adieu donc à ma bague,
Et puissent mes regrets
De même qu'une vague,
Se rompre à des rochers.

Nous qui vous aimons France,
Nous offrons nos bijoux,
Pour ceux de la Défense
Qui souffrent tant pour Vous.

LA FLEUR D'EMBERMÉNIL

Pièce en Trois Scènes:—Le Crime, La Prière, Le Miracle.

"Parmi les crimes de cette guerre le drame d'Embermènil ressort comme l'un des plus terribles. Les allemands avaient été surpris et chassés du petit village de l'Est de la France après avoir été informés, prétendirent-ils, par quelques habitants qu'il n'y avait plus de soldats français dans le voisinage. Revenant plus tard en force, ils menacèrent de mort une trentaine de personnes si les coupables ne se livraient eux mêmes en leurs mains. Une jeune femme mariée, Madame Masson qui bientôt allait devenir mère, déclara qu'elle était la seule coupable mais elle avait été elle-même déçue, croyant que tous les soldats français étaient partis. En réalité ils s'étaient cachés pour surprendre les allemands. Malgré les protestations des habitants et d'un abbé, on fusilla cette femme."

1. LE CRIME. (L'Après-midi.)

Midi sonne à la grande place,
Les barbares sont revenus,
Mais cette fois ils sont en masse,
Français, qu'êtes-vous devenus ?
Sans accorder aucune grâce,
Renversant légumes et fruits,
Le marché dans un court espace
Est détruit avec ses produits.
Et maintenant trente habitants
Sont mis au centre tous en ligne,

Les uns tremblants genoux pliants,
Les autres fiers et défiants.
On fait silence et sur un signe
Parle un de ces gros allemands.
'Le mois dernier, entrant ici'
Dit-il s'adressant à la foule,
'Des gens nous avaient prévenus
Que les français n'y étaient plus;
Dépêchez-vous le temps s'écoule,
Qui donc nous a trahis ainsi?
Par cette ruse malveillante
On gagna nos positions.
Nous allons fusiller ces trente
Ou livrez-nous les espions.'
Un moment passe et puis s'avance
Une femme disant, 'C'est moi,
Je croyais en toute innocence
Nos soldats partis, sur ma foi!
Pourquoi serais-je soupçonnée?
J'ai vu nos troupes s'en allant,
La place était abandonnée
Au moins trois jours auparavant.'

'Emmenez la femme coupable,'
Commande un officier major,
'La trahison abominable,
Elle paiera de sa mort!'
'Avant Noël je serai mère,'
Répondit elle simplement,
Les larmes aux yeux, un peu fière,
'Vous ne punirez pas l'enfant!
Ayez pitié, je vous supplie,
Attendez, Monsieur, qu'il soit né,
Et puis je donnerai ma vie
Si ce petit est épargné.

Dites-moi que vous êtes père,
Qu'un enfant prie au lit lointain,
Que sous cette uniforme austère
Il bat un cœur qui est humain!'

Hélas! les martyrs aux arènes,
Devant les lions affammés,
Avaient des chances plus certaines,
Que chez ces boches malfamés!
Bousculant la foule en jurant,
Cette pauvre femme on l'entraine.
L'abbé proteste en implorant
D'une voix presque sans haleine,
'Elle a dit vrai je certifie,
Ce crime, vous le défendrez,
Vous ne demandiez qu'une vie,
Ça fera deux que vous prendrez!
Le soldat doit toujours tenir
Parole, laissez-la partir!'
Repoussé, le pauvre abbé crie,
'Ton âme à Dieu je la confie.'
A peine un instant, puis des coups
De fusils se faisaient entendre,
'C'est Dieu' dit on 'qui va la prendre,'
Et tous tombèrent à genoux.

11. La Prière. (Le Soir.)

Le soir même de cet outrage
L'angelus sonne au jour l'adieu;
L'abbé priant devant l'image
De la Haute Mère de Dieu:

"Mère de Jésus, si clémente,
N'excusez point l'assassinat
De la jeune femme innocente,
Le brigand n'est pas un soldat!
On lit dans la sainte écriture,
'Vengeance à Moi, dit le bon Dieu,
L'Eternel punira l'injure!'
Ces prédictions auront lieu.
Vous O Mère qui pardonnez,
N'exercez point votre clémence,
Car nous vous prions, punissez!
N'ignorez pas leur grande offense.
Sainte Vierge Consolatrice,
Sancta Mater Dolorosa,
Au nom du Christ et son supplice
Que sur la croix l'on imposa,
Donnez nous un gage visible
Que le Ciel n'oubliera point;
Pour l'Eternel tout est possible,
Invoquez Son secours divin."

C'est l'angelus qui recommence,
La cloche répète un refrain,
Ce message sonne en cadence,
'Tu le sauras demain, demain.
Le Ciel écoutant ta prière,
Enverra son embèlme saint,
A tous sans péché ce mystère
Sera montré demain, demain!'

La cloche cesse, vient la nuit,
Le sol est mouillé, Jour funeste!
Mais agenouillé l'abbé reste,
Car Dieu Lui seul, est notre appui.

III. Le Miracle. (Le Lendemain.)

Dès l'aube en allant vers l'église,
L'abbé s'arrêta stupéfait,
Des cris joyeux et de surprise
Venaient du champs qu'il traversait.
Une belle fleur bleue et blanche
Auprès du tombeau fleurissait,
Etendant une grande branche
Où la victime reposait.
Vers la mystérieuse plante
De jeunes enfants s'empressaient.
De sa tige si transparante,
Des feuilles ils s'extasiaient.
S'approchant de la fleur sans crainte,
Emerveillés, levant les mains,
'Blanc et bleu de la Vierge Sainte!'
Criaient ils en joyeux refrains.

'Ces gamins dans le cimetière,'
Demande un officier prussien,
'Qu'est-ce qu'ils regardent par terre?
Nos soldats n'aperçoivent rien!'

L'abbé content avait appris,
Qu'entre les crimes de ce monde
Et la vengeance au paradis,
S'ouvre une crevasse profonde.
Chacun, s'il a bien maintenu
L'emblème blanc de la croyance,
Sera plus tard le bienvenu
Dans le ciel bleu de l'espérance.
Oubliés pour l'éternité
Sont ceux qui par leur violence
Outragent toute humanité,
Comme les allemands en France.

PARIS

Lutèce, Ville Lumière, ancien nom de Paris dont les armoiries sont un vaisseau sur une mer d'azur, avec la devise en latin, 'Qu'elle flotte et ne sombre pas'.

Paris le noble, Paris le beau,
Paris toujours à vous je pense,
Champs Elysées et Parc Monceau,
Ces jours heureux de mon enfance,
Riant, courant, l'air si pur,
Fluctuat nec mergitur.

Paris le noble, Paris le beau,
Paris les nuits de ma jeunesse,
L'éclat des bijoux, la blanche peau,
Les yeux doux, la danse, l'ivresse;
Les cartes, le jeu si sûr!
Fluctuat nec mergitur.

Paris le noble, Paris le beau,
Paris l'âge de la sagesse,
La sculpture et la peinture-à-l'eau,
La poursuite de la déesse,
Ville du travail si dur,
Fluctuat nec mergitur.

Paris le noble, Paris le beau,
A l'approche de la vieillesse,
Mon cœur reste encore à vous dévot
A travers ces jours de tristesse.
Le destin toujours obscur,
Fluctuat nec mergitur.

Paris le noble, Paris le beau,
Paris au temps lorsque je tremble,
Craignant pour vous le boche, l'assaut,
Les malheurs qui viennent ensemble.
Mais assuré du futur,
Fluctuat nec mergitur.

Paris le noble, Paris le beau,
Invincible Ville Lumière,
Vous triompherez sans nul fléau.
Lutèce suprême en galère,
Voguant sur sa mer d'azur,
Fluctuat nec mergitur.

L'HOMME AU CAPUCHON

Le fermier se leva repoussant l'assiette,
Bu son verre d'un trait et frotta l'allumette,
Tout comme lui, sa pipe était bourrée aussi,
Il avait bien soupé, puis content il sourit.
Ses trois enfants jouaient près de la cheminée,
Les leçons finies, l'étude terminée.
C'est l'heure du repos, le feu brûle gâiment,
Tic-tac va la pendule et le chat fait ronron.
Devant l'armoire au fond, sa femme encore belle
Serre le linge fin, la bonne tient l'échelle.
Les cuivres et l'étain brillaient le long du mur,
La cave contenait des tonneaux de vin pur,
Les vivres s'entassaient dans la pièce voisine,
Des conserves, du lard, des œufs, de la farine.
Le grenier était plein d'avoine jusqu'en haut,
Ce jour même il avait vendu son grand taureau.
Oui, content il était en homme qui prospère,
Sa ferme étant si loin des dégâts de la guerre.
Il prend son paletot et sort faire le tour,
Il descend les marches, va dans la basse-cour.
La lune se voilait, dans la faible lumière
Il vit qu'on l'approchait, venant de la barrière.
'Comment encore vous, la Mère du couvent,
Pourquoi revenez-vous, qu'y a-t-il maintenant ?
Hier j'ai donné dix francs et de la nourriture,
Vous avez aussi pris plus d'une couverture.
Nous plaignons les soldats et leur donnons du lait,
Cependant l'hôpital n'est jamais satisfait.
Quels seraient vos désirs, ont-ils tant d'importance
Que vous veniez si tard me réclamer d'urgence ?'

'Ah monsieur' dit la sœur, 'Vous êtes généreux,
Mais nos besoins sont grands, les malades nombreux.
Ce soir vingt-cinq blessés arrivent de la guerre,
Et comment les soigner manquant du nécessaire?
Nous ne sommes que dix, cinq dames et cinq sœurs,
Mais nous devons aussi compter sur les bons cœurs.
Nous avons des soldats qui n'ont pas de couchettes,
Les uns vont sans souliers, les autres sans chaussettes.
Il faut sans nul retard avoir trois mille francs,
Pourrez-vous les prêter, nous les rendrons à temps?'
'Cré nom!' dit le fermier, 'pour ce que l'on désire
Il faudrait vous trouver un trésor à vrai dire!
Trois mille francs, Mon Dieu, je voudrais les avoir,
Voici cent sous ma sœur, et je vous dis bonsoir.'
Comme il se retournait, le confrontant dans l'ombre,
Un homme apparaissait, vêtu d'un manteau sombre,
Son visage caché derrière un capuchon,
Il s'avançait pieds nus, l'appelant par son nom.
'Jean, pourquoi renvoyer la nonne charitable?'
Demandait l'étranger au fermier implacable,
'Vous n'avez point d'argent, oubliez-vous votre or,
Juste cinq cents louis, le montant du trésor
Est caché dans un sac, sous la mansarde étroite,
Dans un trou du grenier, près du chevron à droite.'

Le fermier pâlissait, écoutant il comprit,
On tenait son secret, si c'était un esprit!
Est-ce un moine ou soldat arrivant sans chaussures?
S'il vient de l'hôpital qu'il montre ses blessures!
'Voyez' dit l'étranger, dépliant son manteau,
'Je viens pour les blessés, plaider ce qu'il leur faut.'
Le fermier regardant, aperçut une plaie.
'Touchez,' dit l'inconnu, 'cette blessure est vraie.'
A travers ses pieds nus il y avait des trous,
Comme s'ils étaient faits par de terribles clous.
Il étendit ses mains, afin que l'autre vit
Les paumes percées par de gros clous aussi.
'Je suis l'Homme,' dit-Il, la voix triste et profonde,
'Je supporte pour tous, les chagrins de ce monde.'

A la mairie d'X, le lendemain matin,
Le fermier attendait, tenant un sac en main.
Quand la porte s'ouvrit, il s'approcha du maire,
Lui remet son paquet, l'invite à le défaire.
'Voici de l'or,' dit-il à celui-ci surpris,
'C'est pour notre hôpital, juste cinq cents louis,
Pour avoir ce qu'il faut, afin que nos blessés
N'éprouvent nul besoin, ne soient point délaissés.
Au bout de ce discours, il poussait un soupir,
Se sentant soulagé, tout content d'en finir.
Il sourit, comprenant le bonheur de la vie,
'M'sieur le Maire,' dit-il, allant à la sortie,
'Si par hasard, l'on veut savoir qui fait ce don,
Vous direz de ma part, c'est l'Homme au capuchon.'

TAHURE

Extrait d'un journal du mois d'Octobre 1915, donnant le récit de l'avance sur Tahure: "Tout récemment en Champagne, on se décida à lancer une dernière attaque contre une des positions allemandes des mieux fortifiées. L'entreprise était périlleuse, c'était la mort certaine pour la plupart des combattants, mais quand l'ordre d'attaquer arriva tous s'élancèrent avec un cri joyeux. Le général de brigade qui commandait, leva son képi et dit à ceux qui restaient derrière, 'Messieurs, saluons nos héros qui vont mourir.'"

Voyez, ils sont là-bas, derrière un parapet,
De nos plus courageux, et tous des volontaires.
Peut-être dix-huit cents, ou moins, dix-sept, qui sait?
Pour l'entreprise il faut des extra-ordinaires.

C'est la falaise au nord, on la prendra d'assaut,
Celle dont les hauteurs se dressent de la plaine.
Ensemble ils attendent, à côté du drapeau,
L'ordre de s'élancer, se retenant à peine.

Le long de ce plateau, dominant le vallon,
Les boches sont cachés dans les creux de la cime,
Sous chaque amas crayeux il repose un canon,
Son museau menaçant dirigé sur l'abîme.

Le général leur dit, 'L'assaut devra se faire,
La rase campagne est fatale à parcourir,
Mais le devoir suffit,' puis à nous tous derrière,
'Messieurs, découvrez vous à ceux qui vont mourir.'

Les voilà bien partis, sautant de trous sous terre,
Ils traversent les champs, comme vont les lapins.
Un cri noble et joyeux déchire l'atmosphère,
'Vive la France' et fait vibrer les grands sapins.

Le général collant son œil au télescope,
Suit chaque mouvement de ses braves soldats.
Par la pluie d'obus, le feu les enveloppe,
Une centaine au moins finissaient leurs combats.

'La victoire' dit-il, 'reste encore incertaine,
Les français en avant ne sont plus aperçus,
Les canons allemands grondent, crachant leur haine
Sur nos héros mourants, seront-ils tous perdus?'

A travers la brume et la fumée âcre et blanche,
Le chef chercha longtemps les sommets du plateau,
Puis indiquant un point, vers ses hommes se penche,
'Messieurs, découvrez vous au Tricolor là-haut!'

LA CHARCUTERIE ALLEMANDE

Cent cinquante mille cochons
Devant nous sur les collines,
Vîte nos sabres décrochons,
Et visons nos carabines.
Qu'ai-je dit du pauvre pourceau?
A côté d'eux cette bête
Comme un enfant dans son berceau
Est tout propre, corps et tête.

Cent cinquante mille voleurs
Dépouillant notre patrie,
Maltraitant nos femmes et sœurs,
Laissant tout sans nulle vie.
Ils ne sont pas même le quart
De ceux qui viennent derrière,
Mais le courage est un rampart,
Et contre nous rien à faire.

Cent cinquante mille assassins
Brûlant châteaux et chaumières.
Que cuirassiers et fantassins
Les chassent de nos frontières!
Chassons-les comme le cafard
Que l'on trouve à la cuisine,
De ces cochons faisons du lard,
Soixant'-quinze est la machine.

Français du nord et de l'ouest,
Des villes, de la campagne,
Venez du sud, venez dans l'est,
De Bretagne et de Champagne.
Accourez, vous du Bordelais,
De Savoie et de Bourgogne,
Mettons, tous ensemble Français,
A la porte la charogne!

BOULOGNE-SUR-MER

Boulogne par la brume était toute entourée,
Comme une femme l'est, quand à l'aise enroulée
Dans un doux peignoir rose et d'ouate elle s'endort;
Le soleil laisse ainsi la brume en reflets d'or.
Comme s'esquive un pied ou bras du chiffon rose,
Entre les nuages un rocher s'interpose,
Puis la plage blanche et nue, charmante à voir;
Au-dessus des ramparts parait l'astre du soir.

De toutes les barques à Boulogne-sur-mer,
De Jeanne-la-Pucelle on était le plus fier;
De sa carène en bas jusqu'à ses voiles teintes,
Le long de son grand pont et sur ses parois peintes
Tout était reluisant, la barre au gouvernail
Et le beaupré brillaient, ainsi le bon travail
Du marin se montrait de l'avant en arrière;
D'ailleurs elle arrivait au port toujours première.

Le plus heureux à bord était le petit Jean,
Le mousse de Margot, on surnommait l'enfant;
Sa maman l'embrassait, saluant l'équipage,
Car ce soir on allait faire la pêche au large.
A mer basse on partit avec un remorqueur,
Dans les brumes roses, à la grande lueur;
Jean agitait ses bras en passant la jetée,
Au sémaphore au bout sa mère était allée.

Il était midi juste et l'on quittait la Halle,
Quand le bruit d'un désastre envahissait la salle;
Comme un souffle d'abord présage l'ouragan,
Les murmures changeaient en plaintes comme un vent;

Les allemands étaient encore auteurs d'un crime,
La Jeanne de ce port devenait leur victime;
Un sousmarin avait torpillé sous Gris-nez
Les pêcheurs innocents et coulé leur voilier.
Personne n'échappa, pire que le naufrage
On tira dans les flots, tuant tout l'équipage.
Un vapeur signala par sans-fil ce récit
Qui laissa des veuves, et Margot sans petit.

Chez le maire on alla, puis à la préfecture,
Mais là-bas on n'apprit pas plus qu'à Capécure.
Un torpilleur parti, cherchait jusqu'au matin,
Sans découvrir l'endroit, ni voir de sousmarin.
La mer tient ses secrets, quelquefois un cadavre
Des semaines après, est trouvé près du hâvre.
Six jours se sont passés, c'est l'oubli maintenant,
Par ces temps d'outrages ce n'est qu'un in-
 cident.

Dans l'église pleurant devant la Sainte Mère,
Margot s'abandonnait à sa douleur amère.
'Rendez-moi mon petit,' criait-elle tout haut,
'Le miracle n'est plus, la pitié n'est qu'un
 mot,
La Vierge n'entend pas, à quoi bon ma prière?
Je n'avais plus que lui, le Ciel m'a pris son
 père.'
Un vieux prêtre lui dit, 'Ecoutez mon enfant,
Les miracles se font, mais on ne sait comment;
Ce qui semble impossible arrive sans mystère,
Il faut toujours prier, le bon Dieu peut tout
 faire.'
'Non,' dit-elle, 'mon cœur de tout est si lassé,
Quelle prière peut me rendre le passé?'

Margot se leva vite et sortit de Saint Pierre,
Descendit en courant la rue du Calvaire,
Sur le trottoir boueux, en frappant ses sabots,
Afin que le passant n'entendit ses sanglots.
Sans faire attention, allant de gauche à droite,
Elle gagna le port par la ruelle étroite;
Sur le quai Gambetta, fumant tranquillement,
Le maître de la Jeanne apparut en flanant.

Elle poussait un cri, tout devenait obscur,
Se sentant chanceler, elle s'accroche au mur;
'Vous n'êtes point noyé, torpillé dans la Manche
Par l'affreux sousmarin?' fait-elle toute blanche,
'Mon fils est-il perdu? répondez vite non!'
Le maître ôta sa pipe et frotta son menton,
'Le sousmarin, ben quoi? c'est la fausse nouvelle,
Elle est dans l'avant-port la Jeanne-la-Pucelle,
Ton fils rentre joyeux, t'attend à la maison,
Notre pêche est la plus belle de la saison.'

LA LACONIA

A MITZIE MARSA

La seule survivante du canot naufragé du Laconia.

Extrait des journaux du 28 février 1917.

"... *Allant à la dérive, nous faisions eau de plus en plus, enfonçant presque jusqu'au plat-bord du canot. C'est alors que Monsieur X...., de santé un peu frêle, succomba dans les bras de sa fiancée, Mlle. M......, qui tenta en vain de le réchauffer en l'enveloppant de sa riche chevelure. Même quand il eut rendu le dernier soupir, elle refusa de desserer son étreinte...."*

La tâche du démon étant bien accomplie,
Les lâches se sauvaient, leur colère assouvie,
En attendant d'autres innocents voyageurs
Pour les assassiner et couler leurs vapeurs;
Car ils avaient bon soin de ne jamais se rendre
Auprès d'aucun vaisseau qui pourrait se défendre.
Rien n'est visible que l'infinité des flots,
Le grand bateau n'est plus, sauf un de ses canots,
Chargé de survivants, flottant en solitude;
La poussière des eaux se gelait au vent rude.
Le voilà balançant au sommet d'un grand mont,
Pour glisser aussitôt dans les creux d'un vallon.
Déjà le froid cruel réclamait sa victime,
Un nègre matelot succombait vite au crime,
Etendu sous la lune en grimaçant il meurt,
Ses yeux blancs et ses dents indiquaient sa
    frayeur.

Les marins courageux travaillaient forts aux rames,
Vingt êtres grelottaient, mi-noyés par les lames.
Dans un coin du canot une femme serrait
Son fiancé chéri, que la mort enlevait.
Depuis qu'Eve embellit da sa beauté la terre,
Au moment du chagrin, de peine et de misère,
Qu'il soit un père ou fils, un époux ou l'amant,
Pour la femme toujours l'homme devient l'enfant.
Le jeune homme souffrant restait presqu'immobile,
Sa tête reposant contre la jeune fille,
Son visage hagard, et périssant de froid,
Elle tenait ses mains, réprimant son émoi.
Puis elle dénouait ses beaux cheveux en masse,
Si longs et si jolis, tendrement elle passe
Ses mèches épaisses autour de son ami,
Lui disant doucement, 'Vous serez mieux ainsi.'

La gloire de la femme est en ses belles tresses
Qui séchèrent les pieds du Christ dans ses tristesses.
Comme la Madeleine assistait le Seigneur,
C'est la femme qui doit adoucir la douleur.
Ainsi tenu, bercé contre sa bien-aimée,
L'âme de l'amoureux du corps s'est déchaînée.

La nature perdit sa force et son effort
Devant tant de beauté, d'héroïsme et la mort,
Demeurant aussitôt pénitente et honteuse,
En face de l'enfant si belle et courageuse.
L'Océan se levait, mais voyant ses beux yeux,
Se retirait confus, et tombait amoureux.

Caressant ses cheveux, la Glace fond en larmes,
Le Froid vaincu ne put résister à ses charmes.
Le Vent mordant du nord contre elle s'est jeté,
Frolant son cou devint une brise d'été.

O Lune belle et pâle illuminant la brume,
O Vagues noirâtres tâchetées d'écume,
Océan sans bornes sous les astres brillant,
O Vent glacial du nord, au souffle détruisant,
Vous les œuvres de Dieu, la nature implacable
Connaissant seulement la loi de l'immuable,
Vous les témoins muets de ce crime monstreux,
Portez au Créateur tout le récit hideux,
Qu'Il frappe ces monstres de Sa juste colère,
Qu'ils soient maudits au ciel, comme ils le sont
      sur terre.

QUELQUES RÉPONSES AUX POÈMES DE LA GUERRE

L'Administrateur-Directeur de l'Hôpital à Saint Brieuc, Bretagne.

Monsieur:

Après avoir fait le tour des salles de notre hôpital votre recueil de poésies me revient un peu abimé par les nombreuses mains qui l'ont effeuillé.

Le but que vous vous proposiez a été atteint, car nos chers blessés ont pris, à sa lecture, le plaisir mêlé d'émotion que les nobles sentiments exprimés étaient de nature à procurer.

Certaines des pièces des vers ont été apprises par cœur par nos blessés, qui les ont récités dans une réunion récréative organisée par eux.

Ils y ont trouvé l'occasion de provoquer des hurrahs en votre honneur, et en l'honneur de la grande nation Américaine à qui la France depuis plus d'un siècle avoue sa constante et fidèle amitié.

M. Félix Adam, le Maire de la Ville de Boulogne-sur-Mer.

J'ai pris connaissance de vos œuvres avec le plus vif intérêt, et je me fais un devoir de vous exprimer mes meilleurs remerciements pour les sentiments si sympathiques et si généreux que vous prêtez à mes concitoyens.

Je fais déposer aujourd'hui même ces poésies à la Bibliothèque Publique Communale où elles seront lues avec le plus vif plaisir, j'en suis convaincu.

Princesse d'H . . . d'Alsace.

Merci mille fois des poésies que vous avez eu la bonté de m'envoyer pour les hôpitaux des Vosges; les vers sont d'un patriotisme vibrant et plairont à nos soldats, qui seront touchés de voir comment on pense à eux à l'étranger.

Capitaine B . . ., 34me Régiment. Président des Eclaireurs de France, Groupe de Fontainebleau.

Je suis très sensible aux pensées de fraternité qui vous ont inspiré la jolie poésie. Le petit drame héroïque que vous avez si bien mis en valeur fera certainement vibrer les cœurs de nos garçons.

Dans la lutte fantastique qui met aux prises l'esprit contre le bête, c'est un bonheur pour nous de sentir malgré la neutralité un peu stricte de votre gouvernement que la grande république sœur vibre à notre unisson.

Lieutenant de B . . . Au front.

J'ai fait lire vos poésies autour de moi, j'ai beaucoup apprécié le beau souffle qui les enflamme. Je suis très sensible aux sentiments de sympathie que vous témoignez à notre cause; nous travaillons sans relâche à la faire triompher.

Maurice Lecomte.

Votre âme de poéte ne se contente pas de chanter en votre langue nationale, elle s'efforce aussi d'exprimer ses sensations en cette langue française si harmonieuse et si poétique que vous aimez comme vous aimez la France.

Vous avez rêvé aussi bien en une langue étrangère qu'en votre propre langue, en rimes bien trouvées et de lecture agréable, grâce à la souplesse de votre talent et à cette âme de poéte qus vous possédez.

American Ambulance Hospital of Paris. Neuilly.

All the active members present of our Committee wish to thank you sincerely for your poems, which are greatly appreciated by our wounded soldiers to whom they have been distributed. The fact that these poems are written by an American enhances them greatly in their opinion and they are even more appreciated than had the author been French.

ENGLISH
WAR POEMS

1916-17

CONTENTS

	PAGE
Invincible England	49
In Memoriam: K. of K.	51
Britain's Pledge	52
Captain Fryatt	54
Fol-kais-ton	56
The Maloja Baby	57
In Memoriam: Nurse Cavell	59
Blasé	60
Verdun	61
Somewhere	66
Truth	66
Love Omnipotent	67

AUTHOR'S NOTE

Who could view with indifference the spectacle of Great Britain fighting for the liberty of mankind, for the cause of humanity and civilization in her hatred of military domination, while she gives her youth and manhood in a grim and unshakeable determination to win this war?

I, who have been during these past long months a witness of her daily sacrifices, borne without a murmur, have endeavored to the best of my ability to record in these few verses my protest against some of the dastardly deeds perpetrated upon her civilian population.

F. T.

January, 1917.

INVINCIBLE ENGLAND

Mighty, invincible England,
   Thine iron-bound cliffs rise high
Above the roaring tumbling waves,
   All invasion they defy.
Around thee thy sea-lions prowl,
   Silent watchers on the deep,
Guarding the realm by night and day,
   Ceaselessly their vigil keep.

O beautiful, peaceful England,
   Hills and meadows bright with flowers,
Where smiling sunshine shyly peeps
   Through soft mists and fleeting showers.
Here cattle doze neath leafy oaks,
   Hawthorn turns the hedges white,
The cuckoo calls, and thrushes sing
   Through the summer's fading night.

God-fearing and reverent England,
   Where the sabbath's tolling bell
From castle and from cottage calls
   All in common prayer to dwell.
Here no blasphemers, mocking heaven,
   Claim that God joins them in wars,
But with bowed head and bended knee
   Beg Him to bless England's cause.

Marvelous, resolute England,
    Wives and mothers at the door,
Part from their husbands and their sons
    Knowing they may meet no more.
Whene'er the postman's dreaded knock
    Foretells loss of some dear one,
Parents, resigned to grief of years,
    Say, 'Tis well, Thy will be done.

Wonderful, confident England,
    Giving all thou hast to give,
Of youth and treasure without stint
    That small nations hence may live;
Thy people's army, men and boys,
    Gone to meet the veteran foe,
Want nothing of the spoils of war,
    But to strike the final blow.

Undaunted and glorious England,
    Conscious of the cause of right,
May victory crown thy sacrifice
    And bring longed-for peace in sight.
May the ambitious foe be crushed,
    Thy kindred across the sea,
Lovers of liberty and truth,
    Send this heartfelt wish to thee.

IN MEMORIAM: K. OF K.
(LORD KITCHENER OF KHARTOUM)

The nation has no catafalque to rear,
   No tomb to deck, no corpse to bow before,
Only a memory, yet one so dear
   To hallow and to cherish evermore.
As a lone pine upon the ridge stands clear
   Against the western sky, so straight, so grim,
Pointing the way to duty, without fear.
   Thus did all men, with pride, look up to him.

When the morrow's sun burst in beams of hope
   For England's glory, every Briton rose
To find his daily task with which to cope
   Somewhat less hard, a wish to self-impose
A greater thoroughness in all; a thought,
   'Tis better to do well the work in hand,
However humble it may be, if fraught
   Towards the welfare of this noble land.

BRITAIN'S PLEDGE

O Teuton of little faith,
Hark to what Britannia saith,
All men listen to her word,
She is never rashly heard.
    This shalt thou record;
Not until free of thy yoke,
With her chimneys belching smoke,
Not until the yellow grain
Ripens in her fields again,
Not until the Hun has fled
From Belgian ground soaked with red,
    Shall we sheathe the sword.

Listen, thou vain-glorious Hun,
For thy days are well nigh done,
If thou seek a peace that's wise
Reckon on no compromise,
    All are in accord;
Not until France shall define
Her frontiers beside the Rhine,
Not until the tricolore
Floats above Alsace once more,
Not until the Poles are free
And Servia is rid of thee,
    Shall we sheathe the sword.

By the mounds above our dead,
By the flowers at their head,
Ever watered with our tears,
Through the drift of empty years,
By those loved ones lost abroad,
    We shall not sheathe the sword;

Not until thou pay the price
Of thy devastation, thrice,
Not until the Prussian crown
And the war-lords are cast down,
Down and out, for good of all
The nations, both great and small,
    Shall we sheathe the sword.

CAPTAIN FRYATT

Moist eyed to lose his ship in which he took such pride,
He stood upon the deck as they came up the side.
Then they advanced, revolvers levelled at his head,
For each one held the British fist in wholesome dread.

"Gentlemen," he said, "pray have no cause for alarm,
I have surrendered her, and will do you no harm;
Too many lives to risk; if we were but the crew
All of you might have had a bit of work to do!"

He stood in the noble hall of the grand old town,
From the lofty rafters the Flanders flag hung down;
The lions of Brabant scowled on their despised foe,
Usurpers of their land, those messengers of woe,

Who sat in conclave there, to pass upon the fate
Of one who even then stood condemned by their hate.
All those who face the sea must have God ever near,
Through wind, or fog, or storm, and so he knew no fear.

He gazed through the casement towards the western land,
Heedless of their jargon, he did not understand;
And his thoughts sped outward across the sea to roam,
To his wife and children, and to his distant home.

They led him forth into the fast-gathering gloom,
In silence, like his kind, he went to meet his doom.
He knew not that his name, before the coming day,
Would be upon the lips of nations far away;

Throughout the Western world the women dropped a tear,
The Teuton was denounced by men in every sphere.
Thus as a British sailor he knew how to die
For his country's glory, beneath an alien sky.

Steer me, Pilot, take Thou the wheel,
When Thou hast charge all troubles cease;
As the shadows around me steal,
Steer me into the Port of Peace.

FOL-KAIS-TON

O Fol-kais-ton! it eez so fine,
Ze air so strong, jost like ze wine;
Ze Leas are always bright and gay,
Vhere cheeldren, dogs, and music play.

Ze soljair-boys zat march along,
Are nevair sad, but full of song,
Ze wounded smile as zay limp by,
Ze sea-gulls circle in ze sky.

Ze lady and ze leetle dog,
Zay go out in ze rain and fog,
She pick heem op and geeve heem kees,
Ah bah! so strange ze English mees.

Sometimes ze fog it clear away,
And I can see to Cap Gris-nez,
Zen ze tear he come to my eye,
I sink of zose zat go to die.

Ze Engleesh girl she take my hand,
For woman's heart boze understand,
And togezer we make a prayer,
Each for someboady ovair zair.

THE MALOJA BABY

Among those saved from the Maloja was a baby who was found smiling and floating on the sea, unharmed.—From morning paper, February 28, 1916.

Oh the cruel waves, the wicked wanton waves,
Rising like haunting ghosts from out their graves,
Wild-eyed they leap about with shrieks and yells,
Striving to cast around the ship their spells.
With one mad rush they lift her up on high,
Until exhausted, then backward they fly
Seething and frothing, now they try again
To roll her over, but they try in vain;
They all fall away, but she follows too,
The good old ship, with heart of oak so true;
Now they dig a hole, so that she may drop,
Down, down she goes, only to come on top.
Foiled and maddened around her next they tear,
Screaming, streaming with white dishevelled hair;
Moaning, groaning they beat against the hull
Of the unconquered, sobbing to a lull;
Off in a chase away they race, afar,
Hi hi, they cry, and shout ha ha, ha ha!

Then came the Hun to give the sea its prey,
The great ship, which the furies could not stay;
Clothed in God's image, but his soul from hell,
He tore her apart, and as if to quell
Angry young lions there with greedy maws,
He flung the pieces to their gaping jaws;

Their long and lithesome bodies sprawled in glee
O'er one another, lest their victim flee.
Engulfing all, the hungry seas espied
A distant object floating with the tide,
They rushed but fell back dumb, as at the will
Of One who long ago cried 'Peace, be still.'

As in a cradle there, rocked by the deep,
A baby drifted, smiling in his sleep.
The elements of nature running wild,
Found not the heart to hurt this little child,
They halted in the havoc wrought to shun
A crime abhorred by all, except the Hun.
A tiny harmless wave came up and threw
A kiss, then shyly, half dismayed, withdrew;
Another touched his cheek as if in play,
Paused reluctant, and slowly stole away;
Then a great mother-wave leaving the rest,
Lifted the baby gently to her breast,
And followed by the others, swiftly bore
Her little burden safely to the shore.

IN MEMORIAM: NURSE CAVELL

White as the snow upon Ben Nevis top,
White as cherry blossoms caught by the gust
And whirled aloft in flakes which gently drop,
Powdering Derwentwater's slopes like dust.

White as the lambs that skip on Kentish downs,
White as summer clouds piled in vaporous mass,
As Albion's coast, and the cliff that crowns,
So did her soul in purity surpass.

All women taking pride in women's deeds
Felt that their sex was bettered by her name,
Sisters of Mercy parted by their creeds,
Now mourned together one so free from blame.

As the tale of her death was told, it caused
Womanly virtues to shine forth, the wife
And mother strove the more, the wanton paused
To think that she might lead a better life.

Noble impulses stimulated thus
Led to nobler deeds, and self-sacrifice
Through her example found fresh impetus;
So for woman's glory she paid the price.

BLASÉ

An eleven year old boy became indignant when aroused to see the burning Zeppelin, and exclaimed: "This sort of thing is getting to be a chestnut, don't wake me again."—Morning paper, Oct. 2nd, 1916.

The boy slept on when all from sleep were torn,
Upon his parted lips a smile of scorn,
His fist was clenched, his bare breast rose and fell,
From beneath his breath came a smothered yell;
Now he was in the trenches, gun in hand.
With but a knot of men, making a stand.
He stood stained with gore, steeped in mire and mud.
At his feet six Huns wallowed in their blood.
Then his mother's call to his bedside came;
"Awake, my son, the sky is all aflame;
A Zeppelin is hit and falling fast
Into the meadow land, just like the last,
The one some nights since brought down at Cuffley!"
Then as he slept on, she shook him roughly.
"Did you awake me just for that?" he said;
"For that old thing," and turned his sleepy head,
"Such a chestnut, one nearly every night!
Give us something new, I'm tired of the sight.
Let me dream again, don't wake me mother,
If by any chance you hear another."

VERDUN

Dedicated to the Spirit of France

Canto I.—The Messenger.

Sweet sleep forsook me in the dead of night,
Roused by strange sounds like rustling wings in flight.
I leant upon my couch and looked without,
On to the moonlit terrace which stood out
Against th' encircling gloom enshrouding all.
While slumber still hung o'er me like a pall,
Through my open portals then I saw him,
Tall and shapely, slight, long and lithe of limb,
Naked and bronzed, the embodiment of grace
He stood, his handsome head well poised, his face
Resolute and stern, his gaze fixed as stars,
From his helmet fell loose black locks like Mars,
Wings were at his ankles, he bore a rod,
Such was the messenger, Hermes the god.
I knew him at sight in the lunar rays,
Since we met by Isis in earlier days;
Now he stepped lightly upon my threshold,
"Come, friend of France," he said, "thou shalt behold
The glorious work of those thou lovst so well,
I will conduct thee to the brink of hell,
Thou shalt have no fear whilst thou art with me,
I bear this message from the gods to thee;
Since remotest ages when Titans fought,
Tidings to favoured mortals I have brought;
Come, let us be off ere the night be spent."
Then I rose, and wrapt in my cloak, I went.

Canto II.—The Flight.

Astride a wingèd horse with fiery eyes
And flowing mane, we mounted to the skies;
Passing o'er countless dwellings veiled in smoke
To open country graced with elm and oak,
By stately park and mansion, woods with deer,
By rural lanes, o'er hilltops bleak and drear,
Past windmills and cliffs, then a sense of chill
At the vast expanse spreading out so still.
Now we left the sea pursuing our flight,
High above the land, through the purple night.
Long rows of silent poplars met my eye,
And straight white roads with fields where cattle lie,
Over peaceful farms, past church and tower,
I heard a distant clock striking the hour;
Over stunted willow trees and larches
That line smooth streams spanned by graceful arches.
Then upon my ears fell a sullen roar,
Like waves breaking upon a far off shore,
And beyond a hill burst a lurid glare,
Lighting up the sky and stifling the air.

Canto III.—The Battle.

Descending, Hermes led me to a rock
That quaked beneath us, quivering from the shock
Of heaving mine and bursting shot and shell.
There I beheld a sight that vied with hell,
A sight that froze the marrow in my bones,
The air was rent with fearful screams and groans;

Moving masses advanced to the onslaught,
Then were swept back again, and as they fought
Heads and limbs and torn bodies filled the air,
Mangled horses kicked, blood streamed everywhere.
On a knoll apart stood the great War-lord,
High above his head he brandished his sword,
His face was pale, great drops fell from his brow
Which was seamed like the furrows of a plow;
His bulging eyes had a half-maddened glare,
Brave his look, but the courage of despair.
Behind him stood a foul and fiendish thing,
Loathsome to look upon, himself a king,
Urging his master ever and again
To renew the charge, which was made in vain,
Although he knew the Hun king could not win;
Such was the arch monster whose name was Sin.
The War-lord raised his voice, calling on God,
"God's with us," he cried from the bloody sod;
But the clouds above him were black as ink,
For from such as he even God might shrink.
Then an immense joy pervaded my soul,
I knew that Heaven would make him pay the toll.

Canto IV.—Verdun.

At length I stood upon the sacred place
That saved the world from bondage and disgrace;
Where Attila hurled his hosts to enslave
The sons of France, and drove wave after wave
Of Huns to meet their doom, piling his dead
Against the yielding walls stained with red,
Which bear witness to their defenders' part,
And have enshrined this spot in every heart.

I wandered from my mentor through the gate
Into the silent town, which by strange fate
Has risen to the apogee of fame,
To hand to ages hence her wondrous name.
I passed through ruined streets to a moonlit
 square,
Now still as death, a battered Hall stood there,
The sole on earth to hold, as God has willed,
The freedom of the world within its guild.

Canto V.—Fallen Heroes.

I left the town and went into the fields,
The moon lay low, as night to morning yields;
I came to many mounds in endless rows,
Where the nation's dead lie in sweet repose,
Who gave their precious lives for liberty,
And died that France might live eternally.
All that she loved best, all she held most dear,
Youth with ambition's shattered hopes lay here.
A Sister of Mercy knelt by the dead,
And as she prayed soft sounds came overhead,
Like strange things falling gently through the air,
Then I saw roses lying everywhere,
Roses and lilies fallen straight from Heaven
Upon the graves of those whose lives were given,
I heard their patter, like summer showers;
"Angels," said the nun, "are dropping flowers."
Now as she spoke, she quickly bent and chose
From off a mound a single spotless rose:
"Take thou this token it will never fade,
Eternal Remembrance it's name," she said.
I took the sweet blossom, but at it's smell
My senses reeled as if beneath a spell;

The strange perfume exhaled, as though inspired,
Sentiments by which loftiest aims are fired,
Honour, Valour and Love together vied.
"'Tis the spirit of France," the Sister cried,
"Glory to the whole world it doth impart."
I placed the little flower next my heart,
I bowed before the dead, and went my way
To reach my steed ere the approach of day.

Canto VI.—The Farewell.

Now as I rose on Pegasus my horse,
And with good Hermes shaped our westward
    course,
I turned to bid the noble town farewell.
Her proud turrets which still defied the shell
Stood there mid ruined walls to mark her scorn,
All salmon-coloured with the coming dawn;
Even as I looked came a muffled sound,
A roar, a crash, stones falling to the ground;
Then a bugle call clear above the din,
And many voices singing from within:
"March on, march on, that no foe shall despoil
With his foul blood, the furrows of our soil."

"Marchons, marchons, qu'un sang impur
    n'abreuve nos sillons."

SOMEWHERE

Somewhere, 'mid rolling hills where poppies grow,
    Setting the fields ablaze in scarlet tones,
Somewhere, where gentle summer breezes blow,
    Waves a little flag on a pile of stones;
        Waving where the stranger fell,
        Waving, waving farewell.

Somewhere, a woman with a heart of lead
    And hollow-eyed, whence joy of life has gone,
Goes about her work, listless, with slow tread,
    Waits for one who comes not, in hope forlorn;
        Waiting, despairing never,
        Waiting, waiting ever.

Somewhere, beside a cottage garden gate,
    Where the poplars stretch, stands a little son
With his faithful dog; patiently they wait,
    Looking past the trees for the absent one;
        Looking to welcome him again,
        Looking, looking in vain.

Somewhere in the vastness of unknown space,—
    Maybe hovering near for aught we know,—
Float the souls in their mystical embrace,
    Watching over those whom they loved below;
        Watching till life's task be done,
        Watching, to blend in one.

TRUTH.

Naked as she is, naught her beauty mars,
Her eyes are as deep wells which shine like stars.
Whoever peers into their depths beholds
Himself there as he is, for she withholds
No secrets, few dare look, but he who can
Loves her always and knows he is a man.

LOVE OMNIPOTENT.

All feel abashed at the approach of Love,
The fairest of gifts from Heaven above,
Her beauty Woman typifies since Eve;
Shyly she comes and coy, as to deceive.
Sometimes she waits there long unknown, at length
She bursts upon us then in her full strength
And carries all before her in a whirl.
What brought her, a smile? Maybe a stray curl;
A deed, a word and she is here to stay,
Then again, who knows why she flies away.
She abides with some, and ne'er tries to roam;
All want her, for without her what is home?

The young man takes the maiden down the lane,
She watches and she weaves a daisy chain;
The mother rocks the infant in his sleep,
Love hovers round the room and takes a peep;
The husband takes his wife within his arms,
Love whispers in his ear about her charms;
The children sitting at their mother's knee
Ask, "Was there ere another one like thee?"
The father standing by his son to say
Farewell before the boy sails far away;
The old man totters down the road of life,
Beside him walks his white-haired, faithful wife;
The soldier on the field, with closing eyes,
Smiles as he sees his flag still there, and dies.
Love elusive, fickle, often pledged anew,
Love long-suffering, constant, patient, true!
Where e'er fair women and brave men are found,
Love will be there, to make the world go round.

SD - #0043 - 250624 - C0 - 229/152/4 - PB - 9781334659423 - Gloss Lamination